KB166697

민어의 노래

민어의 노래

김옥종 시집

1판 1쇄 발행 | 2020. 5. 5
1판 5쇄 발행 | 2023. 7. 15

발행처 | **Human & Books**
발행인 | 하응백
출판등록 | 2002년 6월 5일 제2002-113호
서울특별시 종로구 삼일대로 457 1409호(경운동, 수운회관)
기획 홍보부 | 02-6327-3535, 편집부 | 02-6327-3537, 팩시밀리 | 02-6327-5353
이메일 | hbooks@empas.com

ISBN 978-89-6078-719-3 03810

민어의 노래

김옥종 시집

시인의 말

칼에 숫돌을 비비며 기억을 꼬집습니다.
근 두 달 반 동안 칼을 잡지 못했습니다.
요리사가 되고 싶다는 생각을 하고
즐겁게 한 세월을 보낸 지 21년이 지났습니다.
여태까지
그 요리의 완성을 못해낸 열등감과 광기가
더 형편없는,
더 자극적인,
더 어리석은,
음식을 만들기 위해 얼마나 많은 세월을 쏟아붓게 만들었던가?
요리사는 더 넣을 것인가가 아니라
무엇을 빼고 억제해야 할 것인가에 대한
고민이 깊어져야 하지만,
음식은 사람에 대한 예의고 결과물은 무조건
맛이 있어야 한다는 것입니다.
이상과 현실의 상충이
내 모호한 정체성에 생채기를 내고
내 생의 안팎으로
MSG 없는 나날을 보내고 있습니다.
단 한 번이라도 식어버린 심장을 예열할 수 있고
힘겨웠던 하루를
따뜻하게 덮어줄 수 있는
음식을 해거름에 내어보고 싶습니다.
사할린에서 돌아온 귀신고래의 소식을 전해줄 친구에게.

차례

2부
늙은 호박 감자조림

3부
우리가 닮아간다는 것

1부
민어의 노래

민어의 노래

고사리 장마가 지나고 난 바닷길
깊게 패인 여울물 소리에 새우떼의 선잠을 깨우는
밴댕이와 알 품은 병어들의 놀이터가 돼버린 전장포 앞바다에
서는
서남쪽 흑산해에서 진달래꽃 피기를 기다렸다가
뻘물 드리우는 사리물 때를 기다려
뿌우욱 뿌우욱 부레로 내는 속울음으로
내 고달픈,
고향에 다다른 칠월의 갯내음을 아가미로 훑는다

마늘 뽑고 양파 캐어 말리던 늦은 오후,
구년은 자랐을 법한 일 미터의 십 키로짜리 숫치를 토방에 눕
히고
추렴하여 내온 병쓰메*에 네 등살은 막장에 얹어 먹고
목살은 묵은지에 감아 먹고 늙은 오이짠지는 볼살에 얹어 먹고
고추 참기름 장에는 부레와 갯무래기 뱃살을 적셔 먹고
갈비뼈와 등지느러미 살은 잘게 조사서
가는 소금으로 엮어내는 뼈다짐으로 먹어도 좋고

내장과 간은 데쳐서 젓새우 고추장에 볶아내고
쓸개는 어혈이 많아 어깨가 처진 친구에게 내어주고
아랫턱 위에 붙어있는 입술 살은 두 점밖에 안 나오니
내가 먹어도 될 성싶은
깊은 고랑 주름살에도 꼬리뼈 살을 긁적거리고 있노라면
봉굴수리잡* 옆의 대실 개복숭아는 제법 엉덩이가 빨갛다

세월은 소리 내어 울지 않는 것,
민어 몇 마리 돌아왔다고 기다림이 끝난 것은 아니다
새우 놀던 모래밭을 파헤쳐
집 지을 때부터 플랑크톤이 없던 모래밭에
새끼를 품어내지 못한 오젓, 육젓이 밴댕이를 울리고
깡다리를 울리고
병어를 울리고
네 입맛 다실 갯지렁이도 없는 바다에 올라 칼끝에 노래하던
민어의 복숭아 빛 속살은 다시 볼 수 없으리라

*병쓰메: 2홉짜리 작은 소주. 일본말 빙즈메(瓶詰)에서 온 말.
*봉굴수리잡: 봉굴저수지 옆에 있었던 수리조합의 준말.(?)

고등어 구이

여보게
내 연인의 굽은 등을
젓가락으로 보듬었더니
바다는 냉골이었으나
물 밑은 얼마나 뜨거웠던지
그만,
화상을 입고 말았다네

복섬

시래기 쫄복국의 가사리 고명처럼
내 오늘 끈적끈적허니 물밑에서부터
엉키다가 더욱 부적절해지리라
속을 보듬고 냉기를 돌려보내면
온전히 벗은 몸으로 부끄러워하리라
만족시키지 못한 혀끝에 누워
내성을 가진 척 버텨 보아도
너의 치명적인 것은
독이 아니라 애정이었으니

어란

이맘때쯤 우수영 아랫들에
아침이 들면
상괭이 짧은 호흡에
물위로 뛰어 올라 배치기하던 숭어는
알을 품고
문내면 키 큰 연인은 어깻숨으로
봄볕에 바람을 가두고
맹목을 벗은 투명한 눈을 꼬드기에는
살이 오른 홍거시만 한 것도 없으리라
낚싯대가 활시위처럼 휘어지고 오랜 실랑이 끝에 오른 암치에
게서는
네 휘젓던 바다의 물내가 첫 정을 주던 분 냄새 같다
터질 것 같은 마음을 열어
소금물로 씻어내고 간장으로 절여
뜨겁게 뒤척이던 여름을 보내고 나면
수백 번의 참기름 붓질에 가을을 불러낼 것이니
한입 물어 가슴으로 녹이고
혀로 살포시 보듬는다

벼락 새비 젓

이제서야
당신을 온전히 받아들입니다

슬픔이 슬픔을 위로할 때는
안아줄 수가 없었습니다
서로의 생채기가 맞닿아서
덧나기 때문입니다
슬픔이 슬픔에게 다가서고자 할 때는
생채기의 반대편을 날이 선 칼로 베어낸 선혈로
가만히 보듬어주어야 합니다

곤히 잠든
당신의 이른 새벽에
동부콩을 넣어 냄비 밥을 짓습니다
토하젓은 없어
별들을 향해 튀어 오르던
징거미 새우를 데치고
쪽파와 달래와 다진 마늘과 간장과

고춧가루로
벼락같이 무쳐낸 새비 젓에서는
당신의 쇄골에서 나던 향유고래의 냄새가 납니다

인연이 저물고
나의 사랑이 발효되지 못하고
곰마지 낀 채로 잠들어버린
막걸리 식초처럼 허망한 새벽에
첫 닭이 울기 전
쇠구슬같이 내리는 이슬을 어깨로
받아내며 돌아오는 길에 묻습니다

얼마나 많은 세월을
당신을 짓고
허물어내야
봄이 오는 것인가요

명태 대그빡 전

울 큰 엄니 사리 물때에
눈이 가슴팍까지 차오르던 날
가마솥 뚜껑을 뒤집어 꿩전을 부치셨다
생이 몇 바퀴 돌고서야 꼬순네 나던 꿩전이
명태 대그빡으로 만든 것임을 알았다
하릴없이 유년의 뒷그림자
녹슨 칼로 닦아내고
비계의 육즙 옆에 얼큰하게 드러눕던 밤
울 큰엄니 꼬부랑 할매 되어
돌고 돌아오던 길가에서
기억을 꼬집고 가차이 서있는 보름달 아래에
콩대 타는 소리 튀어 오르고
휘어진 냉갈 눈물샘으로 불어내며
명태 대그빡 대신 꿩 살을 다져 전을 부친다
대실 잔등에서 북서풍의 설향이 물안개처럼 흩날리고,
냉골인 구들장을 뎁혀 눅눅해진 시절을
올 곱게 하고 싶은 날에
버스 끊긴 정류장 앞은 달이 차고 넘쳐

새벽으로 번진 은하수 길따라

명태 자리 별의 대그빡을 조사서

전을 부친다

꼬막

참꼬막의 주름은 18개 내외
새꼬막의 주름은 28개 내외
피꼬막의 주름은 38개 내외
주름이 많은 것일수록
깊은 겨울에 들어서야
맛이 거시기하다

꼬막의 주름은
갯벌을 몸으로 기억하려는
물갈퀴의 흔적
주름의 횡간에는
달의 공전이 꼬막을 살찌우는 동안
잠시
별들이 모여 산다

꼬막을 먹는다는 것은
달의 뒤편을 맛보는 것
생과 사가 똑같이 탱글탱글하게

씹히는 것
서로의 체온을 더듬는 것

뻘 속에서는 온 힘을 다해
주름을 만들고
뻘 밖에서는 주름을 펴서
피 맛을 혀로 읽어내는 비명소리
가득하다

무덤낙지

그 건너의 어의도 갯바람에 익어가는
청무화과가
뒤집어놓은 속살을 깨워낼 때쯤이면
앞 못 보는 늙은 할매 요강 옆에서
엎질러진 가을도 단내 나는
참도 선착장 옆 샛섬에는
제법 씨알 좋은 운저리와 숭어 떼들이
윗입술 빨개지도록 뻘을 쑤셔대고
신우대에 줄 묶어 수수깡 윗대 그을려 만든 찌에
쌍바늘 달아 청갯지렁이 꿰어놓으면
작은 바다의 거친 숨소리는 밀물이 되어
너울을 만들어놓고
외다리 놓게며 밥풀 번데기며
서른게에 짱뚱어까지 가득한 양은 주전자를 부목 삼아
계절의 끝에서 생의 끝을
개헤엄으로 서당굴에 다다르면
어매는 낙지가 파놓은 한쪽 구덩이 봉분처럼
쌓아 올려놓고 물때를 기다린다

낙지 끓인 수증기를 귀에 쏘이면 귓병에 좋다고 들었던 나는
가래 낙지 먹고 싶은 날은 언제나 귀가 아팠다
헤아릴 수 없는 것들은 그 도랑이 깊어서가 아님을
식어버린 생일날에
뜨거운 미역국 가장자리로
가묘에서 꺼낸 낙지를 밀어넣어 밥과 말았다
입안에서 터져 흘러내리는 먹통의 노을이
별빛 없는 밤에 기대고
물때를 기다려 한 세월 묻어둘 것이나
찾지 못한 어매의 부럿*을
나는 그 갯벌에서 밟고 나와버렸다는 것을
늦은 새벽이 되어서야 알았다

*부럿: 낙지의 숨구멍

가오리찜

곤곤했던 인생이여!
들숨에 하늘을
들여다보지 못했다면
날숨에 크게
한번 웃어볼까나
그깟 예전 설움이야 속을 도려내면 될 일
애간장도 녹일 시한에,
네 뜨거운 웃음 한번 빌려
찜쪄 먹어보자

민어 건정 간국

빨랫줄에 널어놓은
민어 건정을
한 객기에 이는 파랑은
농가진 입힌 계절의 끝을 흔들고
바람은 그렇게 젊은 처자의 하얀 속살을
수분기 없이 추려낸다
어디 품어 줄 것이 너뿐이겠느냐?
시월은
어디에 안겨도 시린 것을
염장질 해놓은 젓새우의
망울이 성욕처럼 도드라지는 날에
투가리 밑에 무시 깔고
대파 이불 삼아 헐거워진 밤 엮어서
애린 속을 건져낸다

참돔회

그렇게들 이야기하더구만. 바다의 백작이라 불리는 감성돔과 바다의 난폭자 돌돔과 더불어 나는 일찍부터 바다의 여왕이라는 애칭을 달고 이 바다에 태어났다. 개체수의 양을 보아 암수 성별도 바꿀 수 있는 감성돔의 성정체성 따위는 내 미모로 날려버리는 나는, 철저허니 일부일처를 고집해온 생선 중의 뼈대 있는 집안의 후손으로 몇 마디 당부하고 싶네. 내가 잡혀오고나서 너희는 나를 형광등 들어있는 수조에서 스트레스 받게 하고 피를 뺀다고 싱크대에 처박아 파득거리게 하여 내 살을 온전히 감당 못하게 하는구나. 제발 내 몸 씻기는 행동과 민물에 염을 시키지는 말아주시게나. 단가 때문에 천사채에 나를 올리지 말고 속살 뽀얀 무채 위에 드러눕혀주시게. EPA와 DHA같은 불포화지방산 산화되는 것을 막아주고 살균효과도 있다 하니 그렇게 해주시게. 서너 시간의 숙성으로 내 살은 더 견고하고 쫀득거릴 것이네. 취향대로 고추냉이 얹어 내 암팡진 엉덩이 살을 꽉 깨물어주시게나!

준치회무침

준치에게서 아직 미열이 느껴지는 봄날
신선한 것은 그 건져 올린 바다의 냄새가 나고
그렇지 않는 것은 그 생선의 냄새가 난다
내 몸 냄새를 맡고 싶어지는 날에
생(生)을 저며 회무침으로 막걸리와 함께 내어보면 알 일이다

홍어애탕

더위는 참을 만하다마는
외로움을 견디기 힘든 저녁에는
부적절하게 보내고 싶은 사람이 있어
홍어 코빼기는 초장에 찍고
애는 참기름 장에 찍어 먹고
내 애는 담근 술병에서 꺼내
반나절 말려두었다가 그대의 속이
온전치 않은 날에 새끼배추와 몽근하게
끓여내야겠네

복어 정소

서시(西施)는 어부의 딸이라지

서시의 젖을 숟가락으로 떠서
호호 불며 먹는다
물에 데인 상처에 미나리 향이 스며들어
슴슴한
무미의 허기를 식도로 밀어 넣으면
나는 춘추시대의 월나라에 와있다
흉통으로 얼굴을 찌푸리면
뭇 사내의 애간장 녹이던 여인을 만났다
서리 맞아 붉은 성애 낀 홍시의 맛
슬픈 고소함의 변곡점에 서있는
뜨거운 샤벳트

주꾸미 초무침

피어오르는 아지랑이에 석쇠 받치고
잘 여문 도다리 자글자글 하얀 속살
애틋하게 올려놓고
노랑 잎 봄동 데쳐서 막걸리 식초에
주꾸미 뒹구는 호시절에는
생의 건너편에 있는 것들까지 부르고 싶다

갑오징어 회

갑오징어 등골 빼먹고 남은 뼈로

냇가에 배 띄워서

흘러가는 데까지는

가볼란다

외로움이야 또 한 시절 잊고 지내다 보면

속쓰림처럼 울컥 올라올 것이니

술로 견디든

사람으로 견디든

생을 붙들고 있다가

뻘물 가라앉은 조금 물때에는

통통 오른 살점 저며

서로의 볼때기에서 한번씩은 녹아내리자

붕어찜 레시피

희선이가 보내준 실한 붕어 두세 마리 무청시래기 300g, 토종 갓김치 500g, 양파 한 개 대파 한 개 청양고추 서너 개

양념장은 간장 또는 액젓 두 스푼 된장 세 스푼 마늘 다진 것 두 스푼 물고추 다데기 다섯 스푼 들깨가루 세 스푼 잘게 다진 양파와 청양고추 조금

1. 무우청 시래기는 반나절 물에 담갔다가 삶아놓는다(붕어는 대체로 잠자리를 가리지 않기 때문에 시래기가 없으면 그냥 무우나 묵은지에 안기게 해도 관계가 이상치 않다).

2. 붕어는 비늘을 벗기고 내장을 정리한 다음 경건하게 아랫도 리까지 씻어준 후 몸통에 칼집을 낸다.

3. 붕어의 벗긴 비늘을 육수로 쓰기 위해 40분 정도를 끓인다(붕어의 비늘은 고단백질이니, 쌀뜨물처럼 우러나오면 된 것).

4. 갓김치와 시래기에 양념장을 조물조물 무쳐서 팬에 들기름을 두르고 볶은 뒤 육수를 붓고 붕어를 올려 한 시간 정도 약불에 조린다(톡쏘는 갓김치를 씻지 않고 넣는 이유는 별도의 간질을 안 해도 되고 msg의 풍부한 감칠맛 효과 때문).

5. 대파 양파 썰어 올리고 한소끔 끓이면 붕어찜 완성.

그 앞에서 밥 한 공기부터 달라는 놈에게는 술에 대한 극진한
예의에 대해 훈계를 한 뒤 젓가락을 빼앗는다.

낙지볶음

어제의 사랑 또한 그러하였으며 오늘도 그러하지만
변함없는 사실은 사랑은 더 이상 자라지 않는다는 것
장독에 묻어둔 철 지난 장아찌 같은 것
지나고 나서야 간절했던 것
켜켜이 쌓아 올려놓으면
내 첫사랑,
뜨거웠던 볼기짝 같이 매콤한
낙지볶음이여.

골뱅이무침 레시피

오돌토돌 돌기 제거해 골패 썰기 한 오이 한 개. 지친 겨울 돌아누운 대파 한 개. 첫사랑의 기억 저편 수줍은 홍당무 한 개. 엉덩이마저 시퍼런 미나리 약간. 속살을 보여주지 않아도 짐작해내는 배 1/2개. 삶의 뒤안길 작은 웅덩이에 고인 간장 3스푼. 오랜 세월 뒤척이다 흘러내린 멸치 액젓 2스푼. 한여름 밤 으깨어 내린 참기름 약간. 울고 싶은 날 벗겨도 좋은 양파 한 개. 서러움마저 위안이 되는 청양고추 3, 4개. 서로 비비며 부대끼고 나면 분만의 진통 끝에 빠알간 혈흔이 그토록 매콤한,

골뱅이무침!

문어

네 생을 더듬다가 정협 한쪽으로 건넨
사랑의 증표를
가슴에 삽입하고 나면
십만 개의 꽃망울이 피어오른다

물길을 따라 소통하던 게으른 저녁에
배고픔을 견디지 못한
노래미며, 복어며,
사랑니 빠진 꽃게들의 사냥꾼들은
여물 뜯듯 달려들고
상처 입은 가을의 모퉁이에서
제 팔 하나씩 던져줄 뿐이다
삶은 고비에서
허허롭게 일어나는 것

알들이 깨어나는 그 순간까지
여덟 개의 팔은 내어주리라
내 글월 문의 먹물은 써버린 지 오래고

지친 몸통을 일으켜 세워
견뎌내고 있음은

나의 심장이 세 개이기 때문이다
아가미에 두 개를 두었고
체심장에 하나를 더 두었다

십만 개의 꽃이 피어 오른다
네 생의 시작이
어미의 끝인 것을
눈감은 내 흔적 또한 네 피가 되고 살이 될 것임을
눈물로 감사한다
꼴뚜기만한 크기의 너희들은
울고 있지 않아도 어미의 길을
뚜벅뚜벅 걸어올 것이니
낯선 겨울이어서 서글프다 하지 않을 것이니

건정

나도 한 번씩은 조금 피가 흐르더라도
가슴을 열어
겨울 쪽볕에 한나절은 말리고 싶다
졸여낸 것은 생선이나 사람이나
깊어지는 건 매한가지 아니겠나

2부
늙은 호박 감자조림

늙은 호박 감자조림

 그런 날이 올 것이다. 고단한 저녁의 혈자리를 풀어주는, 가을 끝자락의 햇살을 모아 한철 시퍼런 겨울을 이겨낼 수 있는, 절망의 밑둥을 잘라내어 그 즙으로 조청을 만들고 끈적끈적한 세월을 맛볼 수 있게 만드는 요리, 꼭 그런 것만이 아니어도 좋다. 적어도 그 계절의 움푹진 골짜기에서 흐르는 향기만이라도 담아서 덮어주고 쪄내고 네 삶 또한 감자처럼 포근히 익혀줄 것이니 때를 기다려 엉겨 붙어 주시게나. 전분이 할 수 있는 가지런한 사명감에도 한 번씩은 우쭐대고도 싶은 날들도 있으니 늙은 호박과의 친분이 새삼스럽기야 하지만 갈치인들 어떻고 고등어인들 나무라겠는가? 그저 호박과 어우러져 등짝 시린 이 세월의 무게만큼만 허리 깊숙이 지지고 있다 보면 뒤척이지 않아도 가슴이 벌써 빨갛게 농익지 않았겠나. 기다림의 끝은 이렇듯 촉촉한 가을비처럼 스며드는 맛이었음을 오래 잊고 살지 않았겠나.

돼지 주물럭

나의 긍정은 밑바닥에서 물안개처럼
치고 올라와 비롯되었다
가라앉히고 앉혀서 앙금을 만들고
그 결정체를 주무르고 주물러서
심장에 박아놓다 보니
건네는 술잔이 처음처럼
주어진 하루가 마지막 날들처럼
에너지가 고래 샘물처럼
혈관을 타고 역류하는 날은
네 몸을 어찌 체온으로만 기억하겠는가
따숩게 그리고 한참을
주물럭거리고 싶은 것이기도 하였다

늙은 호박

네 담 너머 심정지된 혈관에
스텐트를 삽입한다

흐르는 세월도
그렇게 붙잡을 수 있다면
혈전처럼 부둥켜안다가
큰 혹 하나
가을 끝자락에 동여매 놓고

아픈 날
밀가루 없는 날을 택해

찹쌀가루와 뒹굴다가
범벅으로 안기고 싶은 날이었지만

가을은 염치없이 노랗고
속절없는 세월만 익어간다

고추냉이

음식을 연애하듯 만들었다

보듬어서 좋았던 한 시절이 가고
서로의 체온에서 수맥을 느낄 때
토마토 주스를 갈아 마셨다
부추를 먹고
생굴을 먹고
영양제를 먹었다

환절기에 겹친 갱년기에는
연애를 음식 만들 듯했다

차가운 곳에서 태어났으나 가장 뜨겁게
살아온
당신의 살 안쪽 인계선을 칼등으로 두드려
흘러내린 향기를
강판에 갈아

모두제비썰기* 해둔 인연(因緣)을

간장에 적셔 먹었다

*모두제비썰기: 잔 칼집을 많이 내서 약간 크게 썰어 먹는 방법

김

김발에서
뜯어낼 때 찢긴 상처의 조각이
해우가루다

품어줄 수 없는 가장자리의 맛을 보았는가
곱창 김 해우가루에 석화를 넣어 냉국을 낸다
김의 데인 상처에 맛이 푸르다

그리움은 갯것에서 왔으니
검푸르다

아욱국

열무 밭 한쪽에 곁눈질하던
방울 토마토 두서너 개
동네 어른들 입속으로 돌아가시고

부추 목 베어
간장돼지불고기 양념장에 돌아가시던 날도
이렇듯 너는 푸른 새악시는 아니었다

약불로 졸이듯 지친 그대를
풋내만 가시게 한소끔 끓여도

가을은 충분히 간지럽고
여전히 네 사랑은 돌아올 시절을
너무 오래 잊고 지내는구나

늙은 호박죽

윤슬에 떠밀려오던 날
뽀얀 속살 밖에서 견뎌온 세월이
용종으로 자라나다 곪아터져
찹쌀 풀에 흐느낄 때
포근히 안아주고 싶은 날도 있었으려니
네 생 또한 달디달지 아니했던가

육전

칼을 갈다 베인 흉터에 봉분을 쌓고
흘러내린 혈소판으로는 생을 첨삭하다가
꽃 아롱사태 저며내어
빗님 오시는 날 가을 끝에 바짝 엎드린
빨간 주검을 목으로 아프게 넘겼다

깨소금

뒷부리 도요새 무리의 발자욱이
우전리 백합 밭을 간지러피고
네 우윳빛 속살에 몽긋한 까만 꼭지를
한참이나 물고 있다가
옛사랑 드문드문 생각나거든
그때라서 슬피 울어라
해당화 피던 시절의 오래된 연인처럼
당신은 응달진 곳에서 잠 못 드는 새벽
허허로운 벌판에 서성이고
그 벌판에서 나는
익숙하지 않은 사랑에
당신 꿈을 꾸고
양지 바른 곳에서
가슴에 꾹꾹 눌러 화석이 되어버린
햇살 한줌 찢어 달달 볶아내느니
백 가지 무늬가 하나도 같은 게 없다던
백합탕 위에서 거스름 생 없이 고명으로 돌아가는 길에
으깨어진 살 냄새 추스리며

당신에게만큼은

갓 짜낸 고소함으로 잊혀지고 싶다

복숭아 깍두기

생은 넘쳐나서 즐거운 게 아니라
즐거워서 넘쳐나는 것이다
뒤태가 아직도 한참인
복숭아 사다가 깍두기 담아서
단내 나는 막걸리에
흥건해도 좋을.

더덕무침

그리움이 성성하더니
끝내 장침같이 뇌리에
꽂히는 밤
더덕 꽃 등불 켜놓고 기다리다가
침잠하던 속내를 꺼내 들어 읽는다

썩을 년
사랑한다고나 하지 말 것이지.

호빵에게

네 어느 한 켠의 생은
단팥이 가득한 겨울이었기를
주저함 없이 받아들이고 나면
봄볕의 기억으로도 달달하것다

통닭구이

나는 늙어 가는데
너는 익어 가는구나
내 생도 한번쯤은
감칠맛 나게 뜯기고 싶다

선짓국을 끓이며

내 지금 끓이는 선짓국처럼
너와의 사랑도
아미노산에 묻혀 거품처럼 뚝배기를 넘어설 수 있을까
슬픔은 그 어떤 슬픔을 더해도
흘러넘치지 않던데 말이다
오직 내 슬픔만이 넘치는 것 같던 날
시작은 머물던 별을 떠나
이 행성에 인간의 표피를 가지고 태어나면서부터
남들이 하는 첫울음을 나는 첫 웃음으로 시작했지
심지를 깊게 드리우고 살아가는 것이 숙명처럼
느껴질 때 누르고 눌러서 정제된 슬픔이 정류해낸
보드카로
늑대처럼 토굴에 누워 혈소판에 가두어 놓으면서부터
사랑을 머리에서 심장 쪽으로 옮겨 놓기 시작했다
그리움이 종유석처럼 뾰족해질 때
횡경막 근처에 머물러 있는
선혈을 찔러 깨우리라
봉분을 파헤치듯이 건드려 깨우리라

네게 이 끓는 피를 해장국으로 내어줄 수 있다면

내 슬픔의 시작이 첫 울음이 아니라

첫 웃음이 되어도 좋은 날에

이 행성을 떠나

내 별로 돌아가리라

무화과

꽃을 안으로 피운다고
속살이 덜 뜨겁게 느꼈다면
네 생은 겉이 멍든 파란 시절을 보냈을 뿐이다

홍시

북서풍에서 제금내고 나온 세한이
뜨거운 홍시로도 어찌할 수 없을 때
까치에게 유해 조수라고 돌팔매질 하지 마라
너도 나처럼 기쁜 소식을 전하려 새북에 일어나
성대 갈라지도록 울어본 적은 있느냐
고향 집에 전화해라
네가 제일 아픈 손가락이다

비빔국수

짚은 생각이 그렇거나
삶던 면수가 넘칠 때에
두서너 번 찬물을 끼얹히는 까닭은
쫄깃거리는 네 생의 단면에
빠알간 생채기를
미리 보듬어주고 싶었기 때문이다

깜밥

너무 바짝 엎드리지 않기

사랑하는 마음 없이 들러붙지 않기

뜨거운 열정에 어설프게 몸 내어주지 않기

속살 뽀얀 윗집 언니 질투하지 않기

벗겨진 채로 두려워하지 않기

맨손으로 받아줄 때 물컹거리지 않기

입술에 맡겨졌을 때 바삭한 척 않기

깨 터는 날

삶은 고두밥
물 말아 넘겨야 또 한 세월 건져내는 것
늙은 저녁
젊은 할매는
보름달 아래서
도리깨질로 깨 털어
가슴으로 말려 놓으면
아이는
털어 놓은 깨를 상회에 몰래 내다 팔아
우동 한 그릇,
볶음밥 한 그릇에 좋았던 시절
일상의 문행기를 타고 가을이 넘쳐흘러
깨 털은 날
그 기억의 쪽문 앞을 거저구 없이 기웃거린다
덜 아픈 곳
내 삶의 어설픈 가장자리에 서서
오늘도 나는
깨 대신 당신의 속을 턴다

마늘쫑

마늘아
네 밑둥을
여물게 하기 위해
심지를 뽑는 짓은 다시 하지 않으마.

소보로빵

공사장 철제 사다리 위에서 떨어져
뇌를 다쳤다던 영광 아재는 새벽 두 시면
어김없이 일어나
소보로 빵을 뜯어 잡수신다
보름 동안을
물 한 모금 마시지 못한 나는 부시럭거림과 동시에 튀어 오르는
아픈 냄새가 반대편 병상에서 화투패처럼 날아오면
그제서야 살고 싶어졌다
아니 빵을 먹고 싶어졌다
아재는 세 번째 봉지를 마저 뜯어 배가 불러오고
내 배는 늑막까지 복수로 차올랐다
아재는 살기 위해 먹지만
나는 먹기 위해서라도 살아야겠다
뇌가 차갑게 인식하면
생이 뜨겁게 반응한다
밤새 창문에 쏟아 붓던 수액이 폐를 적시고
호랑이 장가가는 비가 내려
묵은 먼지가

아침 햇살 사이로 날아오르면
구름이 만들어놓은
부스러기 곰보빵과 생크림 사이 딸기 얹은
소보로와 조청 묻힌 쑥꿀레가
봄볕에 버짐처럼 혈관을 타고 번져 가면
빵을 먹고 싶어졌다
그제서야 살고 싶어졌다

3부

우리가 닮아간다는 것

우리가 닮아간다는 것

어제도 너를 보내준 꽃무릇 길로 돌아오는 길에 하루에 한 번
씩은
헤어짐을 준비해온 터라
가슴이 미어지는 아픔은 없을 거라고
촉촉이 젖어있는 어둠에 볼을 비벼댄다
서로에게 가까이 가는 길은 너무 힘들어
배롱나무 꽃이 져버린 달력을 넘기며
어둑한 밤 가운데 우두커니 서서
표정 없는 얼굴을 하고서 네 지친 그림자를 떠올리면
우리가 닮아간다는 것이 얼마나 큰 두려움인지
우리가 닮아간다는 것이 얼마나 큰 슬픔인지
사방은 어둡고 다다를 수 없는 너는
파도로 살아나
가슴으로만
그 여린 가슴으로만 무너져 내리는데
눈물 한 방울 없이
거칠게 잊어줄 것 같은 계절에
앞서 떠난 바람이 대숲을 흔들던 날에도

서로 다른 부위의 상처가

누구의 심장에도 박히지 못한 침엽수로 떠돌고 있었으니

우리가 닮아간다는 것이 얼마나 큰 두려움인지

우리가 닮아간다는 것이 얼마나 큰 슬픔인지

가을비

 가을비가 처삼촌 묘 벌초하듯이 오는구만!

 그날 나는 커팅 크루의 "나는 당신의 품에 안겨 디지고 자파
요"를 들었었네

 애써 친해지지 않았어도 되았을 것을,

 서로에게 읽히고 있다는 것을 의식이라도 하듯 이 메마른 감성
에 울컥 쏟아 붓던 그리움이라 해봐야 시덥지 않은 감상일 뿐,

 니가 내 속을 알랴마는 펄펄 뛰는 생선 대가리

 참수해 놓고 미늘에 붙은 한세월 "나도 그런 친구가 있었써야"
하며, 코 쌕쌕 불면서 개차반 떨어 볼란다. 살아 있는 것을 정리
해서 음식으로 만드는 그 쉼표 없는, 살점을 뜯어 녹아내리게
하는 못 미더운 그 약간의 희열들. 열이 많이 올라왔을 때 진정
시켜 주던 백합과 세월의 차가움을 위로해 주던 옻닭과 밋밋하
지만 네 오르가슴을 해갈했던 오리탕과 내성을 정리 못한 복어
사시미와 쌀뜨물에 힘겨운 우럭 간국과 눈뜨고 헤매었던 보릿
잎 피던 시절의 숭어까지. 젓국처럼 간간했던 사람이여!

 표고버섯처럼 은은했던 사람이여!

 개장국처럼 진득했던 사람이여!

숙명

어머니 선술집 할 때

손님이 가져온 광어 한 마리 어설픈 첫 회 뜨기로 시작해서

벌써 십오 년 칼의 날은 가슴을 저밀 만큼 자라나 있는데

마흔일곱 나이에 묻는다

너는 커서 무엇이 되고 싶은지

네가 원하는 게 진정 요리사인지

엎어트리고 자뿔셔 봤으니

이젠 살리는 일을 하고 싶은 게냐?

나는 또 묻는다

내 심장에 고드름을 꽂듯이

"지치지 않게 가거라"

이 메아리는 늘 결을 바꾸지 않았으니

"지친 이들을 안고 가거라"

단 한 번만이라도 지친 그대에게 따뜻한 심장을 꺼내 체온을 올려줄 수 있다면

내 마른 대파 잎의 봄을 잘게 찢어 고명으로 올려줄 것이니.

난희에게

감기를 옮길까 봐

등 돌린 당신의

폐에서

순록 떼의 마른 발자국

소리 들립니다

옮겨 버리면 얼른 낫는다고 해서

입술로 덮습니다

차갑게 사랑하고

뜨겁게 헤어지고픈

그런 밤이었습니다

봄밤

벗은 늦고
술은 달고
별은 지네

연애에 대해

뒷말이 무성한 숲에서
똬리를 튼 뱀 같은 것
격정을 묻기 전에 찾아오는 것
권태를 베어 물고
베어 문 권태에 독을 쏟아 붓는 것
마비가 되고서야 지독한
통증에서 벗어나는 것

노가다

생의 부표를 띄워 매달아 놓은 그물을 유실하고
새벽별 가지런히 돌아갈 때까지
손톱이 갈라지도록 무덤 주위를 더듬다가
해무 사이로 쩍이 붙어 몰골을 알아볼 수 없는
유물 하나 건져내어 회항하던 길의 함바집에서는
이승의 사랑은 한번으로도
부족하지 않을 듯 싶은 송씨 할배
돌아오는 장에는 오빠가 삘그작작 헌 놈으로
속옷 한 벌 사주겠다던 맹세도 부질없음을
영광집 할매는 그리 자주 잊을까나
공사장 사무실 옆 창고
시린 이월의 모퉁이에서 선풍기를 훔쳐가는
그의 뒷모습으로 낯선 여름을 보았다
세한에 다음 여름을 걱정하는 할배의 고단함이
하얀 눈발을 만들고
그의 부고장이 날아왔을 때
어설프게 삭힌 홍어와
남겨진 코다리쯤에 얼큰해진 영광집 할매는

다음 장에는 꼭 사올 거라고,
찐한 키스 한 번 못 해주었노라고
설운 눈물에
리어커만 타본 양반이
꽃상여 타서 좋겠노라고
술잔 깊이
세월의 앙금만 켜켜이 쌓아올릴 때
해안가를 범람하던 영혼 하나
무거운 짐 내려놓고
바다로 돌아갔다

해넘이

잎새 하나 달지 못한 겨울나무에도
눈꽃은 피고
봄을 품어야 겨울은 깊어진다
아랫목이 따뜻한들 네 살갗만 하겠는가?
나무껍질 안으로 느껴지는 온기가 헐거운 몸으로 덥히고 있으
니 기다릴밖에
더 야윈들 눈이 얹혀 쉬었다 갈 자리마저 없겠는가?
한나절 쪽빛으로는 어림도 없을 게다
초점 없는 네 돋보기로는 햇살 한줌 건져내는 것도 수월치 않
을 게다
온기를 저버린 것이 어디 겨울뿐이겠는가
사는 것이 의리이어야만 한다면 기꺼이 견디어보마 하지만
네 가려운 것도 긁어줄 수 없다면 태워버리는 것이 더 위안이
었음을
내가 그토록 건져 올리고 싶은 바다는
거기에 있지 않았다
조경지대 포말 속에서 은신하고 있던

네 생활을 가까스로 낚아 올려놓으면

은빛 생채기에서 흘러내려 번지는 노을이 뜨겁다

맹세

아즉 애 늙은이는
길을 따라 나서지 못해 갈매기 울음소리로
네가 등진 이승의 서쪽 하늘에 대못 박아 흘린
매화꽃 노을에, 한참을 뒹굴다가
술은 일찍 동이 나고
눈물샘은 닳아져 버렸으니
뉘 있어 너와 함께 인어바위 건너
삼학도로 돌아갈 것이냐
구 터미널 미로스낵 한 켠에 마주앉아
소주병에 맥소롱 타 마시다가
밥태기꽃 흐드러지는 사월에
덤장 들춰 잡아온 보리숭어 건정 찌고
갑오징어 데쳐서 소풍가고 싶은 날
맞닿은 살 향기로도 부족해
남의 살 한 점 물어뜯고 싶어
데쳐낸 정소와 복어 쑥국에
통음하다가
하얀 꽃비 내리는 비탈길에서

브레이크 없는 생 앞에 게워 내었다
다시는
왔던 길을 취기 없이 돌아가지 않으련다
다시는,
엎어졌던 꽃길 위에서 일어나지 않으련다

꽃

낙루의 염분으로 자라는 꽃은
바람에 흔들리지 않는다
흔들리는 것은 바람

빗겨 지나간 인연에게서 묻어오는 기억들을
비좁은 시간의 초침 사이로 훔쳐보았을 때
한줌의 흙이면 뿌리를 내리고
한 타래 찢겨진 햇살이면 목은 꺾이지 않고
한 방울의 물이면 혈관에 가득 고이는 넉넉한 삶
그렇게 되기까지
채워지지 않는 갈증이 꽃에게도 있었다

저무는 하루가 토해내는 부서진 노을이 있어야
지친 듯 어두운 그림자를 끌고 오는 숙면의 밤이 있듯
한풀 꺾인 바람도 절뚝거리며 갈 길을 재촉하는데
너의 절망은 왜 아무것도 잉태하지 못하는가
너의 비탄은 왜 아무것도 분만하지 못하는가

보아라!

어느 꽃이 제 몸에 생채기가 있다고

개화(開化)를 늦추던가

겨울이 지고 꽃이 만발하다

그래 용서하마
쉼표 없이 허우적대며 걸어온 길
느낌표 하나 없이 접는다고
더 아쉬울 게 어디 겨울뿐이겠는가
뒤뜰에 자리보전하고 누운
고수 잎에 비가 내리던 날에
내 저무는 사랑의 뒤꿈치에는
서리가 내렸다
잊어야 할 만큼은 아니어도
씻겨 내려갈 만큼의 빗줄기여야
가슴은 젖어 있을 터
이랑을 타고 흐르는 세월을
담아 두지는 못하겠지만 여태 가물었으니
한 시절은 녹록치 않아도 견뎌낼 듯 싶다
지금 내리는 눈은 소멸해가는 것들에 대한
연민의 눈물이다
그리운 것들을
누르고 눌러서 화석으로 만들고

굳힌 한 세월 곶감 빼먹듯 하나하나 해동시켜
어느 곳의 멍이 더 깊은지 헤아려볼
시간을 조금 벌어보자
아주 어린 시절
매질에 맨발로 달아나던 그 신작로에도
눈꽃은 피어 있었고
오일장 가신 울 엄니 떨어지는 해를 등지고
대실 잔등너머 헬쑥해진 붕어빵 사 오실 때도
가출해서 돌아오던 그날 읍내
오십원 어치는 항상 허기졌던
피래네 오뎅집 앞 도로 위에도
녹아서는 안 되는 기억 몇 개쯤은 포근히 내렸다
결별한 사랑을 기다리다 맞은 공중전화 박스 안의
첫눈과
몇 해를 헤매다 맞았던
보성강변의 눈도 기억한다
지금 내리는 눈은 길을 떠나지 못한 것들에 대한
위로의 술이다

지치고 힘들어하는 것들에 대한
해장국이다
애써 얼리려 하지 않을 것이다
어느 가슴 위에 녹은들 어떠하냐
하천에서 강줄기를 따라가다 보면
갯내 나는 따뜻한 사람과 만날 것이니
벌어놓은 시간은 아무데나 조금씩
청설모처럼 묻어두자

맹목 1

기다림이 목젖 안까지 차오르는 날엔
서숙밥에 해우 구워 쌈싸 먹고 싶은 날도 흔했다
새북에 실장어 잡으러 간 울 엄니 돌아오시는 길에,
참섬에서부터 따라오던 고단한 갯내가
아침 햇살에 파득거리고
이른 아침 소풍가는 날
그 계절의 밑반찬은
묵은지에 해우 볶음이었다
계란찜 없는 울 엄니 도시락을
집 벼늘에 깊이 묻어두고 학교 가는 길
유세한다며 성난 아부지의 발길질에
노란 주전자 속의 실장어는
마른 먼지에 뒤엉켜 굳어가고
어찌할 수 없는 막막함이 피부 바깥에
비늘을 만들고
숭어처럼 겨울을 나기 위해 맹목을 행할 때
내 생은 그제서야 하염없이 파득거렸다

맹목 2

진눈깨비 거저구없이 내리는 날
어깨 넓은 친구에게 전화해서
세한의 맹목 숭어가 찰지더라며
묵은지 찢어 감아 먹고
새벽별이 단물처럼 쏟아질 때까지
흘러간 유행가나 부르자고 했다

여느 생이 있어 이보다 더 꼬숩겠는가.

춘수락(椿首落)

나의 유통기한을 셈하며
사십 도짜리 방부제를 혈관 깊숙이 밀어 넣던 밤

동백의
주검들을 수습해 모닥불 위에 눕히고
불을 댕겨 진혼곡을 불러주자
침묵 속에서 목 놓아 울더니

몸뚱이를 으깨고
노오란 영혼의 심지에 불이 옮겨 붙자
발설하지 못한 자신의 과거를 이야기해 주었다

죽도록 사랑해서
견딜 수 있었지만

목을 꺾어도
내 사랑은
돌아오지 않았다

박차고 언능 오소

박차고 언능 오소
산속 뒷길도 간판도 없는 낡은 카페에서
김빠진 병맥주 나발 불며
체온이 아직 남아있는 그대의 허벅지에
내 쓸쓸한 뒷 그림자 올려놓고
생이 저물도록 수다나 떨다가 가야겠네
뜨거웠던 한때
장미의 속살을 더듬으며 물들어간
서쪽 강변에 발 담그고
오랜 날들을 심장에서 멀리 떼어 내려고
꼼지락거렸던 시간들을 널부러 놓고
한 꼬집씩 가슴에 봉숭아 물 들이듯이
얹어줄 것이니 박차고 언능 오소
내 무슨 재주가 있어 생명의 수를 늘릴 수 있으며
내 무슨 재주가 있어 사랑하는 사람과의 인연을 늘릴 수 있으며
내 무슨 재주가 있어 방치해둔 슬픔으로부터 벗어날 수 있으랴
박차고 언능 오소
상처는 오롯이 내 가슴 안에서 종양처럼 키워낼 것이니

그대는
잠시 그 날개 접어 쉬어 가시게나
꽃다운 나이 지나고
꽃그늘 드리우는 시절에 파란 멍자국 내며
서로에겐들 아프게 못 번지겠나

췌장아 미안하다

육고기집에서 붉은 나물을 먹는다
간과 천렵과 지라를 곁들여 먹으며
내 생을 도축한다
발골해 낸 부위들을
용도별로 나눈다

부분 파업 중인 간과
석회화가 진행 중인 췌장에게 미안했지만
내 평정심의 추는 언제나 술이었다

간극을 좁혀 주었으며
문장의 횡간을 확대해 주었고
열온의 발원지였고 심장을 지탱해온 엔진 오일이었고
네게 넓은 어깨를 내어주게 하였고
눈물샘이 마르지 않게 적셔주던 식염수였으며
선한 양심을 드러낼 수 있게 해준 고백의 낱알이었다

비장을 채우는 온기로 하여
더는 가라앉을 것이 없는 바닥에서부터
그렇게 너는 취기로 일어나 터벅터벅 걸어와선
불면을 녹이고 내 잠자리에 곤히 잠들곤 했다

채석강에서

절뚝거리며 오는 갯바람의 수척한 마른기침이
만져지는 저녁
모항이 내려다보이는 언덕길
호랑가시나무 군락을 덮어버릴 만큼
성글게 채석강의
뒤 그림자를 따라 눈이 내리고
이방인은 뭍에서 묻혀온 기억들을
끄집어 내놓고
추위를 꿔다라도 쓴다는 소한에
낮술 먹고 꿀잠에서 깨어나
불빛 하나 없는 여관방의 모서리에서
나는 아일랜드 막걸리를 마시며
추억한다 그리고 살뜰하니 원한다
내가 더 온전히 외로워지기를
내가 더 온전히 슬퍼지기를
그리고 원한다
내가 더 한참은 가파른 골짜기의 끝에 다가서 있기를
견디어온 세월만큼 걸쭉해지도록 보타져야

소금기 가득 함초 같은 하얀 웃음 흩뿌리며

갈 수 있지 않겠는가

이 슴슴한 날에 부재중인 그대 곁으로

다이어트

덩컨 맥두걸이라는 학자가 영혼의 무게를 재는 실험을 했다
죽으면 떠오르는 영혼의 무게가 21g이다

지상에서 보낸 내 생의 무게가 105kg이었다

술이 덜 깬 아침
전립선을 다그치는 소변기 앞 거울에서
낯선 그림자를 보았다
검버섯이 독감의 숙주처럼 박혀있는 얼굴
동그라미로 남아있는 턱선
등이 휘지 않을 것 같은 배
대면하고 있는 사내는 더 이상 옛날의 격투기 선수가 아니다
자신조차 넘어트릴 수 없는 괴물이
반대편에서 젖은 눈빛으로 서성이다
자신을 비추는 거울을 보며 화들짝 놀라
짖어대는 강아지처럼 웃프다

영혼을 살찌우는 삶을 살겠다고
내면의 거울에 대고 얘기했던 지난날을
작용과 반작용으로 밀어내고 나면
행성의 거리만큼 완고해진
육신을 갈아엎고

온 결을 다해 23.5kg을 뺐다

가벼운 몸으로 갈아입으면
내 삶의 무게도 줄어들 수 있을까.

상처에 바르는 연고

눈보라가 울음을 크게 울던 날에도
상처 난 갈대가 부러지지 않은 것은
바람이 들고나는 통로에서 누군가의 갈대는
시린 등을 내주어 부벼주고 있었기 때문이다

더는 외로움을 방치하지 말 일이다
더는 그 쓸쓸함을 묵혀두지 말 일이다
네가 가장 나를 외롭게 한 이였으니
살면서 다 갚아줄 일이다

생채기는 안으로 내야 더 깊어지는 것을

소리 내어 울지 말 일이다
뒤돌아봐야 하는 것들에게는
아쉬운 세월의 발자국들을
그저 덮어버릴 만큼만 눈꽃이 쌓여
가슴을 헤집고 걸었던 그 길 위에서도

상처 난 갈대가 부러지지 않는 것은

사람이 들고나는 길목에서
누군가의 갈대는 속대를 비워
네 살을 채워주고 있었기 때문이다

봉리 수리잡에서

뉘집 굴뚝에서 강그러지는 냉갈이다냐
정지의 곤로 위에 눌은 밥은
하얀 눈으로 내리고
가슴팍까지 차오른 눈들을 헤집고

늙고 병든 토끼며
뒤뜰의 대나무 숲에
걸터앉은 때까치며
멧등 위에 짚벼늘 넣어 만든 비료 포대 썰매며
수분기 없는 홍시며
마른 시렁에 식은 보리 개떡이며
사카린 풀어놓은 팥 없는 눈꽃 빙수며,
그런 그런 그들이 다들 살갑고
몇몇은
토끼몰이에 진을 다 빼고 나서야
맹독의 싸이나 넣고 촛농으로 밀봉해둔 메주 콩 먹고 비틀거
리는
꿩 한 마리 주워서 돌아왔고

시원한 무국에 해장으로
사랑방에 모여들어 소주 댓병 추렴하여 놀 때
서당골 이모 샛서방 기다리다 젓가락으로 찌르던
허벅지 사이로 차갑게 그믐달이 진다

침묵

좀처럼 눈물을 보이지 않던 참새의
통곡소리와 어깨 넓은 봄동의 움츠러드는 가슴을 보고서도
그저 너희들끼리 잠시 견디어 내라고,
사랑하는 일보다 살아가는 일이 더 힘겹게 느껴지는 날에
가끔은
나를 침묵 속에서 잠방대는
겨울의 맨살 밖에
소름으로 방치해두고 싶다

돌아올 것 같지 않은 계절도
오후 한때 부서지는 햇살의 파편으로
체온을 끌어 올리고 있고
잊을 수 없을 것만 같은 사람과의
생채기도
덧나지 않기 위해 침묵하고 싶다

그믐에 살이 차오르던 갯가재가
보름달이 뜨면 왜 살이 빠지는지와

민들레가 홀씨를 매마른 땅으로 왜 날려 보내는지

살점을 저며 내며 붉은 심장을 밀어 올리는

동백꽃이 왜 창백한지와

더듬던 네 속살에 박힌 봄이

아직 오지 않는 이유에 대해서도

침묵하고 싶다

비굴해지지 않기

나는 너희들이 말하는 굴비가 아니다
그물코에 걸려
칠산 바다 앞에서 적진을 뚫을 수 없는 시련에
뜨거운 생을
잠시 네게 맡길 뿐이다
내 알배기 몸뚱이와 등지느러미
아가미까지는 내어 주었으나
아직까지 이석(耳石)이 박힌 나의 이마를
씹어 먹었다는 이를 만나지는 못하였다
머리를 지키는 일이
오롯이
가슴을 덥히는 것보다
따뜻한 일상일지니
온정이 부재한 백중사리에
너울을 타다가
입을 벌려 식어버린 가슴부터 섶간 해두고
뭍으로 올라
밥상 한 켠 후미진 접시에 누워

네 잇몸을 갯벌처럼 핥는다
그것이
온전히 내가 사는 길
네 살이 되어
갯고랑 같은 네 생을
휘젓다가
잊히지 않는 것으로도
뜨거웠었던 한 시절을
보냈다 할 만하지 않겠는가.

낚시꾼

까치 밥 홍시 위에 빠알간 가을은 한갓지다
감성돔은 오늘도
내게 몸뚱이를 맡기지 않을랑가 보다
세월은 낚을 수 없는 것
지나간 뒤통수를 어루만지는 것으로
만족해야 하는 것
그것조차도 빨판에서 떼어내지도 못하는 날엔
내 살점을 저며 미끼로 삼고
내 뼈를 저며 밑밥으로 깔고
그냥 찌맞춤 하지 않은 채비로 흘려보낼 일이다
어느 한때 붕어를 잡아 주겠다고
친구를 꼬드겨 찾은 봉굴수리잡에서는
매운탕 대신 통마늘 구이에다가 댓병으로 접대했고
어느 한때는 감성돔을 잡아 주겠다고 임자도에 갔을 때는
크릴국이라도 끓여야 할 판이었다
나는 오늘 여러 핑계를 댈 것이다
충분치 않은 시간과 어설픈 물때와 수온과
북서풍을 이야기할 것이고

완만한 조류와 그 바다엔 고기가 애초부터 없었노라고

우겨볼 것이다

기억의 밥상

삼암봉 줄기 상산에 똘배가 익어가고
짓무르던 누이의 팔에 옮겨간 옻나무 군락을 벗어나면
냉감 잎 따서 발밑 고래샘의
달짝지근한 물로 여름은 살갑고
소꼴 먹이고 미꾸라지 천렵질에
허기진 배는 임씨 아저씨네 북감재밭에서
검디검은 기억으로 채우고
낯간지러운 속살 드러내고 놀던
황금리 둠벙에는 개구리 울음 소리에 금새
해넘어 가고 소 방울소리 안들린 지 오래
각자의 소를 찾아 도둑놈풀 열매가
쓰봉 밑단 안으로 파고들 때쯤이면
어메는 정지에서 부추향 가득한 계란찜을
가마솥에서 내려놓고
코뚜레줄을 외양간에 묶어두고
사옥이 오촌네 지푼 우물물 떠다가
시린 등목 마치고 나면
할머니 던져주고 간 물외에 설탕, 식초, 고춧가루 풀어놓고

라면 한 봉에 국수 한 타래 넣어서 끓인 국물에
시렁 위 찬밥 말아 풋고추 올려주면
그 여름의 끝에 기대어 여치가 운다
그 가을의 시작에 기대어 내가 운다
이 발디딜틈 없는 석축의 동네에서
기대어 볼 곳이라고는 거기밖에 없는
세월도 못 베어 내고 상산의 길을 덮어버린 억새풀도
베어서 줄 소도 없는데
가을은 여치를 따라 드러눕고
드러누운 여치 곁에서 한참을 내가 운다

여전히

키스를 하면
온 밤이 불면이었던 공원의
그 시절로 돌아가고 싶다

생은 한참이나 저물고
다시는 사랑 않겠다는 너의 맹세를
술로 허무는 저녁

나는 여전히 네가 그립다

돌아올 것 같지 않은 세월과
기다릴 것 같지 않은 계절의 끝에서
나는 여전히 네가 그립다

동이 트기 전의 새벽이
가장 깊고 외로웠노라고
버스 끊긴 터미널 공중전화 박스 안의
얼어붙은 겨울의 벽에

나는 하염없이 부벼댄다
식은 사랑과
내리는 눈에 파묻힌 기다림 또한
낮은 체온 곁에서 소주병과 뒹굴어도
슬픔은 여전히 나와는 친밀하다
아픔은 여전히 나와는 오랜 벗이다
동이 트고,
눈이 멈추고
사랑이 저물 때에도

나는 여전히 네가 그립다

| 발문 |

시의 배를 채우는 요리사 시인의 노래

강제윤(시인)

여보게
내 연인의 굽은 등을
젓가락으로 보듬었더니
바다는 냉골이었으나
물 밑은 얼마나 뜨거웠던지
그만,
화상을 입고 말았다네

—「고등어구이」전문

그 흔한 고등어구이 하나로도 가슴을 후끈 달아오르게 만들 수
있는 요리사. 김옥종 시인은 광주에서 남도 음식을 만들어내는
요리사다. 그의 전직은 이종격투기 선수. 시인은 신안의 지도라는
섬에서 나고 자랐다. 그래서 천상 '섬놈'이다. 하지만 지도는 이
제 섬이 아니다. 간척으로 내륙이 돼버렸다. 섬이 육지와 연결이

되면 섬도 더 이상 섬이 아니다. 그래서 시인은 고향 섬을 잃어버린 실향민이다. 섬 아이들은 자라면서 대부분 육지로 유학을 떠난다. 시인도 중학교를 졸업한 뒤 목포로 유학을 갔다. 어린 시절부터 시인은 공부보다 싸움에 소질이 있었다. 지역에서 싸움꾼으로 소문이 자자했다.

그래서 목포에서의 고교 시절은 파란만장했다. 신안의 이름난 소년 주먹이 목포로 왔으니 밤의 세계가 가만두지 않았다. 고교 1학년 때 목포의 유력 폭력조직에 '스카웃' 당해 조폭이 됐다. 적만 학교에 있었지 학교에 가는 날은 드물었다. 그런데 딱 한 수업만은 빠지지 않고 출석했다. 현대문학. 학교의 선생님들도 소문을 듣고 그를 두려워했다. 수업에 빠져도 훈계조차 못했다. 하지만 한 선생님만은 그를 평범한 학생처럼 대했다. 현대문학을 가르치던 박석준 선생님. 선생님은 그가 잘못하면 가차 없이 꾸짖었다. 그러던 어느 날은 잘못을 저질러 선생님에게 밀걸레가 부러지도록 맞았다. 하지만 반항하지 않았다. 선생님이 오히려 더 좋아졌다. 선생님은 교직 생활 중 처음으로 매를 들었다 했다. 문학에 더욱 애착을 가지게 된 이유였다.

중학교 때부터 습작시를 제법 썼던 김옥종은 그 무렵 한 여자를 만났다. 그녀를 위해 수없이 많은 연애시를 썼지만 그는 여전히 폭력조직의 행동 대원이었고 장래의 꿈은 협객이었다. 고교 졸업 후 광주의 한 전문대학에 진학을 한 뒤에도 여전히 조직에 속해 있었다. 그러던 어느 날 고교시절부터 사랑했던 그 여자가 "깡패 새끼랑은 더 이상 안 만나겠다"고 선언했다. 퍼뜩 정신이 들었고 조직을 탈퇴했다. 사랑은 주먹보다 강했다. 그 뒤 동아리 활동을 하면서 동아리연합 회장을 하게 됐다. 당시만 해도 전문대학의 총학생회는 지역 조폭들의 '밥'이었다. 조폭들이 온갖 명목으로 돈을 뜯어갔다. 동아리연합 회장을 하면서 그가 조폭들로부터 학생회를 지켜줬다.

대학 졸업 후 첫 직장에서 건축기사로 일했지만 곧 그만두고 킥복싱 선수의 길로 들어섰다. 그러다 입식타격에 뛰어난 한국선수를 찾던 일본의 이종격투기 k-1 프로모터에게 발탁됐다. 마침내 한국 최초의 이종격투기 선수가 됐다. 1995년 일본 도쿄 코라쿠엔홀에서 열린 '케이-원 그랑프리 개막전'. 헤비급 선수로 출전한 김옥종은 일본의 가라테 선수 출신 쯔요시 나가사코를 만나 1회에 KO패를 당하고 말았다. 규칙 없는 링 밖의 싸움과 규칙 있는 링 안의 싸움은 달랐다. 쓴맛을 제대로 본 것이다. 망신을 당했으니 '쪽팔려서' 바로 은퇴했다. 그리고 파이트 머니로 킥복싱 체육관을 열었다. 이 또한 오래 가지 못했다. 드라마 '모래시계'가 흥행하면서 검도가 각광을 받게 되니 킥복싱을 배우겠다는 관원들은 나날이 줄어들었다. 체육관을 접고 새로운 일을 모색하던 방황의 시간에 자주 낚시를 다녔다. 그러다 문득 잡기만 할 것이 아니라 잡은 생선으로 요리를 하고 싶어졌다.

어머니가 1988년부터 광주에서 '아코식당'이란 밥집을 운영하고 있었으니 요리가 낯설지 않았다. 어머니의 일을 거들다 전업 요리사의 길로 접어들었다. 아코는 시인의 어릴 적 별명, 아기코끼리에서 따온 이름이었다. 회를 뜨는 칼잡이 요리사가 된 것은 "어머니 선술집 할 때 손님이 가져온 광어 한 마리 어설픈 첫 회 뜨기로 시작해서"(숙명)였다. 요리는 숙명이었다. 지금은 시인의 고향 이름을 딴 식당 '지도로'에서 어머니와 함께 요리를 한다. 뭍이 되어 사라진 실향의 고향 섬을 되찾지는 못했지만 '지도로'에서 고향 섬의 음식 맛은 다시 복원해 내고 있다. 한때 민어전문 식당을 열어 독립하기도 했으나 실패한 뒤 다시 어머니와 동업 중이다. '개미진' 맛을 잘도 내는 어머니의 빼어난 솜씨가 있어 그의 요리는 더욱 빛이 난다. 어느덧 요리사로 20년을 넘게 살았다.

격투기 선수에서 요리사로 전향했던 김옥종은 어느 날 문득 시인이 됐다. 불현듯 요리사가 됐던 것처럼. 그 또한 '숙명'이었다. 요리가 본업이니 시인은 펜으로 시를 쓰지 않는다. 도마와 칼로 쓴다. 온갖 재료를 고춧가루와 다진 마늘과 햇감자와 단 양파와 풋고추를 넣어 조려내고 볶아내면 어느덧 시가 조리된다. 그에게는 요리가 곧 시고 시가 또한 요리다. 그래서 그의 시는 맛있고 영양가도 충만하다. 외로움에 기갈 든 영혼들의 뱃속을 든든히 채워주고도 남는다.

　　더위는 참을 만하다마는
　　외로움을 견디기 힘든 저녁에는
　　부적절하게 보내고 싶은 사람이 있어
　　홍어 코빼기는 초장에 찍고
　　애는 참기름 장에 찍어 먹고
　　내 애는 담근 술병에서 꺼내
　　반나절 말려 두었다가 그대의 속이
　　온전치 않은 날에 새끼배추와 몽근하게

끓여내야겠네

—「홍어애탕」 전문

찌는 듯한 무더위보다 견디기 힘든 것이 외로움이다. 그때는 더 열불 나도록 매운, 폭 삭은 홍어를 먹는다. 열은 열로 식혀야지. 나쁠일까. 나의 애간장 다 녹도록 만든 그대는 또 얼마나 외로울 것인가. 하여 그대를 위해서도 애탕을 끓인다. 홍어애에 새끼배추, 내 애간장까지 녹여 넣어 애탕을 끓인다.

    진눈깨비 거저구없이 내리는 날
    어깨 넓은 친구에게 전화해서
    세한의 맹목 숭어가 찰지더라며
    묵은지 찢어 감아 먹고
    새벽별이 단물처럼 쏟아질 때까지
    흘러간 유행가나 부르자고 했다

    여느 생이 있어 이보다 더 꼬습겠는가.

—「맹목2」 전문

맹목은 눈이 멀었다는 뜻이다. 숭어의 눈에는 투명한 지방질의 눈꺼풀이 있는데 겨울에는 이것이 지나치게 발달해 눈의 흰 막을 덮어버린다. 눈먼 숭어가 되는 것이다. 맹목의 겨울 숭어가 가장 맛이 뛰어나다. 이 찰진 맹목의 숭어를 묵은지에 감아 먹는 술상이 있고, 벗이랑 철지난 유행가 부르며 놀 수 있다면 대체 어느 생이 있어 이보다 더 '꼬숩다' 하겠는가. 고소하다보다는 꼬숩다 해야 더욱 고소해지는 전라도 말맛. 그래도 그는 더 자주 말보다는 요리로 고달픈 벗들을 위무해 준다. 겨울에는 맹목의 숭어회로 여름에는 '복달임'에 일품인 민어회로. 그의 고향 섬 지도와 임자도 앞바다는 최고의 민어 어장이었다. 그래서 어린 아이만큼이나 큰 민어 떼가 용솟음치던 것을 보고 자랐으니 그는 민어 '박사'다. 그가 민어 요리의 맛을 극한까지 끌어올릴 수 있는 것은 그 때문이다.

추렴하여 내온 병쓰메에 네 등살은 막장에 얹어 먹고
목살은 묵은지에 감아먹고 늙은 오이짠지는 볼 살에 얹어 먹고
고추 참기름 장에는 부레와 갯무래기 뱃살을 적셔 먹고
갈비뼈와 등지느러미 살은 잘게 조사서
가는 소금으로 엮어내는 뼈다짐으로 먹어도 좋고
내장과 간은 데쳐서 젓새우 고추장에 볶아내고
쓸개는 어혈이 많아 어깨가 처진 친구에게 내어주고
아랫턱 위에 붙어있는 입술 살은 두 점밖에 안 나오니
내가 먹어도 될 성싶은
                                                    ―「민어의 노래」에서

생각만으로도 입맛 다셔지는 대물 민어. 최상품 새우인 오젓 육젓 새우만을 먹고 투실투실 살이 올라 복숭아 빛 속살을 가진 최고의 민어를 만나기는 하늘의 별 따기가 됐다. 개발업자들의 무분별한 바다 모래 채취로 새우와 민어의 산란장인 풀등(바다 모

래밭)이 사라져버렸기 때문이다. 민어는 새우를 유달리 좋아하는
어류인데 새우가 사라지니 민어가 임자도 바다로 돌아오는 일도
점점 줄고 있다. 그래서 "세월은 소리 내어 울지 않는 것/민어 몇
마리 돌아왔다고 기다림이 끝난 것은 아니다."

'민어의 노래'는 결국 민어의 울음이다. 잃어버린 바다의 황금
시대를 노래하는 만가.

달이 차고 기우는 데 따라 바다 것들은 살이 차올랐다 야위었다
한다. 꼬막을 키우고 살찌우는 것도 실상 바다가 아니라 달이다.
그래서,

> 꼬막을 먹는다는 것은
> 달의 뒤편을 맛보는 것
>
> ―「꼬막」에서

시인의 요리 솜씨가 절정에 올랐다. 꼬막인줄 알았더니 꼬막이
아니었다. 달을 따다가 요리를 했다. 별도 달도 따주겠다던 입에
발린 약속을 지킨 이 누구 하나 있었던가. 시인은 그 꿈같은 약
속을 지킨 첫 사람이 됐다. 이 특출한 요리사 덕분에 우리는 사
상 처음으로 달을 따다 만든 천상의 요리를 맛보게 됐다. 계수나
무가 자라고 옥토끼가 살던 거름진 달이니 맛이야 아무래도 상상
이상일 것이다. 그런데 뒤편 엉덩이 살이 베어진 달은 무사할까.
걱정은 부질없다. 보름이 되면 달의 뒤편도 다시 꽉 차오르게 될
것이다. 그래서 우리 영혼은 마침내 굶주림의 걱정 따위 없는 유
토피아에 이르렀다. 베어내도 금방 다시 차올라 결코 줄지 않는

달. 그 무한의 재료로 요리할 수 있는 비법을 알아낸 요리사 덕분에. 시인이 만든 지상, 천상 낙원, 시의 낙원에 도달했다.

> 어매는 낙지가 파놓은 한쪽 구덩이 봉분처럼
> 쌓아 올려놓고 물때를 기다린다
> 낙지 끓인 수증기를 귀에 쏘이면 귓병에 좋다고 들었던 나는
> 낙지 먹고 싶은 날은 언제나 귀가 아팠다
> ─「무덤낙지」에서

옛날 함경도 삼수갑산 산골에서는 영양 부족으로 갑자기 눈이 멀어버린 사람들이 있었다. 이들은 의사가 아니라 겨울을 기다렸다. 명태가 돌아오는 겨울이면 동해 바닷가 마을을 찾아가 겨우내 명태의 간을 구해 끓여먹었다. 봄이 되면 장님들이 다시 멀쩡하게 눈을 떴다. 식약동원. 음식이 곧 약이었다. 어린 시절의 시인도 자주 귀앓이를 했다. 아들이 귀가 아플 때마다 어머니는 병원 대신 갯벌로 나갔다. 거기서 무덤 낙지로 낙지를 잡아다 찹쌀을 넣고 끓여 먹이면 아들의 귀앓이는 씻은 듯이 나았다.

무덤낙지는 봉분낙지라고도 하는데 썰물 때 뻘 속에 들어간 낙지의 숨구멍을 봉분처럼 쌓아서 막아두면 들물 때 숨을 못 참고 기어 나오는 낙지를 잡는 어법이다. 어린 아들은 낙지가 먹고 싶을 때마다 귀가 아픈 척했고 어미는 모르는 척 갯벌에 나가 낙지를 잡다 아들을 먹여 키웠다. 그런데 아들은 때때로 "어매의 부럿(낙지 숨구멍)을 갯벌에서 밟고 나와 버렸다." 어미가 잡는 낙지의 숨구멍은 어미의 숨구멍이기도 할 터. 때때로 어미의 숨구

멍을 틀어 막아버린 것은 아들이었으니 뒤늦은 회한의 새벽은 쓰리다.

> 지나고 나서야 간절했던 것
> 켜켜이 쌓아 올려놓으면
> 내 첫사랑,
> 뜨거웠던 볼기짝 같이 매콤한
> 낙지볶음이여.
>
> —「낙지볶음」에서

첫사랑의 뜨거웠던 볼기짝같이 매콤한 낙지볶음이라니! 대체 세상에 그런 마법 같은 요리가 있을 수 있단 말인가. 시인만 허황된 것이 아니라 요리사도 허황되다. 그래도 그 허황된 시가 됐든 요리가 됐든 다시 첫사랑의 아련함을 맛볼 수만 있다면 영혼이라도 팔고 싶은 사람이 어디 한둘일까. 애절했던 첫사랑도 이제는 전생처럼 아득하니 그저 우리는 시인이 요리한 낙지볶음을 안주로 아침부터 취해 볼 수 있다면 그만으로도 충분히 행복해질 것이다.

친절하기도 해라! 시인은. 광주까지 그의 요리를 맛보러 오기 어려운 이들을 위해 다양한 레시피도 준비했다. 붕어찜 맛도 궁금하다마는 아무래도 집에서는 이 음식이 쉽겠다. 누구나 따라 하기 좋은 요리.

> … 엉덩이마저 시퍼런 미나리 약간. 속살을 보여주지 않아도
> 짐작해내는 배 1/2개. 삶의 뒤안길 작은 웅덩이에 고인 간장 3

스푼. 오랜 세월 뒤척이다 흘러내린 멸치 액젓 2스푼. 울고 싶
은 날 벗겨도 좋은 양파 한개. 서러움마저 위안이 되는 청양고
추 3,4개. 서로 비비며 부대끼고 나면 분만의 진통 끝에 빠알
간 혈흔이 그토록 매콤한,

　　골뱅이무침!

　　　　　　　　　　　　　　　　　　─「골뱅이무침 레시피」에서

　울고 싶은 날이거나 외로움에 지쳐 혼술이라도 하고 싶은 날에
는 모름지기 시인이 알려주는 레시피로 골뱅이 무침 안주를 만들
어 한잔 해볼 일이다. 외로움이 한 스푼 쯤은 덜어질 것이다.
　그런데 당신뿐일까? 시인도 외롭기는 마찬가지다.

　　그 여름의 끝에 기대어 여치가 운다
　　그 가을의 시작에 기대어 내가 운다
　　(중략)
　　가을은 여치를 따라 드러눕고
　　드러누운 여치 곁에서 한참을 내가 운다

　　　　　　　　　　　　　　　　　　─「기억의 밥상」에서

　시인은 요리사. 한참을 울고 나서도 외로움이 남을 때면 음식을
만든다. "음식을 연애하듯" 만든다.

　　… 살아 있는 것을 정리해서 음식으로 만드는 그 쉼표 없는,
　　살점을 뜯어 녹아내리게 하는 못 미더운 그 약간의 희열들. 열

이 많이 올라왔을 때 진정시켜 주던 백합과 세월의 차가움을
위로해 주던 옻닭과 밋밋하지만 네 오르가슴을 해갈했던 오리
탕과 내성을 정리 못한 복어 사시미와 쌀뜨물에 힘겨운 우럭
간국과 눈뜨고 헤매었던 보릿잎 피던 시절의 숭어까지.

　　　　　　　　　　　　　　—「가을비」에서

　많은 요리를 해온 요리사, 이제 시인은 또 어떤 요리를 하고 싶
은 것일까.

　　… 고단한 저녁의 혈자리를 풀어 주는, 가을 끝자락의 햇살
　을 모아 한철 시퍼런 겨울을 이겨낼 수 있는, 절망의 밑둥을
　잘라내어 그 즙으로 조청을 만들고 끈적끈적한 세월을 맛볼
　수 있게 만드는 요리

　　　　　　　　　　　—「늙은 호박 감자조림」에서

　"식어버린 심장을 예열할 수 있고 힘겨웠던 하루를 따뜻하게 덮
어 줄 수 있는" 요리, 시퍼런 겨울을 이겨낼 수 있는, 뒤척이지 않
아도 등짝 시린 세월의 가슴이 빨갛게 농익게 해줄 수 있는 그런
요리, 그런 시로, 요리사는 시인은 고단한 생들의 혈자리를 풀어
주고 싶은 것이다. 싸움꾼에, 격투기 선수에서 요리사가 된 시인
은 "엎어트리고 자빠쳐 봤으니 이젠 살리는 일을 하고 싶은" 것
이다.